REINIGENDES GEWITTER

AF208494

GERD EGELHOF

REINIGENDES GEWITTER

KURZPROSA

Bibliografische Information der Deutschen Nationalbibliothek
Die Deutsche Nationalbibliothek verzeichnet diese Publikation in der
Deutschen Nationalbibliografie; detaillierte bibliografische Daten sind
im Internet über http://dnb.d-nb.de abrufbar.

© 2006 GERD EGELHOF
Satz, Umschlagdesign, Herstellung und Verlag:
Books on Demand GmbH, Norderstedt
ISBN 10: 3-8334-6147-0
ISBN 13: 978-3-8334-6147-7

Inhalt

DER VERKAUFSTAG

Im Sommer Einzelhändler zu sein ist kein Spaß. Das Ehepaar Günzke besitzt eine Boutique im Einkaufszentrum einer mittelgroßen schwäbischen Stadt.

An heißen Sommertagen bleibt oftmals die Kundschaft aus, weil sie sich in Cafés und Schwimmbädern vergnügt, und keine Lust darauf hat, sich neue Klamotten zu kaufen.

Wenn sich die Günzkes im Ladenverkaufsraum ihrer Boutique etwas langweilen, dann gönnen sie sich frische Luft.

Zuerst kommt Frau Günzke aus der Eingangstüre und stellt sich auf die zweite Treppenstufe. Da sie sich eine schwarze Sonnenbrille aufgesetzt hat, ist sie gegen UV-Strahlung geschützt.

Läuft ein Mann vorbei, der ihr Interesse weckt, so hebt sie die Brille kurz an, wirft ihm von unten einen verführerischen Blick zu und läßt sie am Haaransatz sitzen.

Meistens trägt Frau Günzke ein grünes, luftiges Sommerkleid und Sandaletten.

Wird sie von einer Mücke am linken Bein gepiekst, dann kratzt sie mit dem rechten Fuß so lange an der vermutlichen Einstichstelle, bis der kleine Schmerz weniger wird.

Frau Günzke ist trotz der ausbleibenden Kundschaft stets gut gelaunt. Sie fängt an, sich auf der Stelle zu bewegen, was nach kurzer Zeit intensiver wird und sich durchaus als kleines Tänzchen versteht.

Die fünf Rentner, die auf der Bank gegenüber der Boutique sitzen, bewerten diesen gedanklich.

Sie zücken vor ihrem geistigen Auge die Wertungstäfelchen 1,1,1,1. Dankeschön.

Frau Günzke ist ohne Konkurrenz. Der fünfte Rentner und Wertungsrichter ist aus Altersgründen eingeschlafen.

Sobald sie ihren Tanz beendet hat, darf ihr Mann etwas an die frische Luft. Da er einen Kopf kleiner als seine Frau ist, stellt sich Herr Günzke breitbeinig auf die erste Treppenstufe, holt eine Zigarette aus seinem Etui und raucht eine.

Läuft eine hübsche junge Frau vorbei, so nimmt er einen tiefen Zug und bläst den Rauch in kleinen Ringen aus dem Mund.

Er begutachtet seine Schuhe, ob auch kein Hundekot oder ähnlich Lästiges an den Sohlen hängt, drückt die Zigarette auf dem Boden aus und geht in seinen Laden zurück.

Sollte doch ein Kunde die Boutique betreten, so wird er überschwänglich begrüßt.

Am Ende des Verkaufstages steht der Kassensturz an. Die Hoffnung, irgendwann eine gutgehende Boutique zu haben, stirbt zuletzt.

Für den Fall, dass am Jahresende der Umsatz nicht den gewünschten Betrag ausweisen sollte, haben die Günzkes bereits eine neue Geschäftsidee.

Sie werden einen Westernsaloon eröffnen. Herr Günzke wird als »Rauchender Colt« den Ausschank übernehmen, und Frau Günzke, Miss Kitty nicht unähnlich, das bestrapste Tanzbein schwingen.

Bis dahin können sie noch den ganzen Sommer über vor der Ladentüre ihrer Boutique kräftig üben.

DIE VOGELINVASION

Der kleine Andre schlich sich an einem Wintertag vor die Vorhänge des Wohnzimmers seiner Eltern, um einen Blick durchs Fenster auf die weiße Pracht zu werfen.

Er erblickte schwarze Rabenvögel.

Sie positionierten sich am helllichten Tag mit Getöse auf dem großen, mächtigen Tannenbaum, der im Garten von Andres Eltern stand.

»Achtung. Killervögel greifen an!«, schrie er laut auf und rannte durch alle Zimmer seines Elternhauses.

Seine Mutter kam aus der Küche herbeigeeilt.

»Was ist denn los? Was schreist du denn so laut durch das Haus?«

»Killervögel greifen an, Mutti«, sagte er, nachdem er sich beruhigt hatte.

»Wo?«, fragte die Mutter erstaunt nach.

»Draußen im Garten haben sie sich aufgestellt«, sagte Andre.

Die Mutter nahm ihn an die Hand und lief ins Wohnzimmer. Andre zog den Vorhang zurück, drückte die Kuppe seines Zeigefingers gegen die Fensterscheibe und artikulierte ein »Da«.

»Das sind doch ganz normale Vögel«, sagte Mutter.

»Aber sie sind so laut, diese Biester«, warf der kleine Andre ein.

Ein Schlüssel drehte sich im Schlüsselloch, die Haustüre ging auf.

Andres Vater kam von der Arbeit zum Mittagessen nach Hause.

»Hallo. Na, was gibt es denn heute Schönes«, sagte er, in Vorfreude auf ein leckeres Mittagessen.

Da es keine Antwort gab, legte er ein »Wo seid ihr denn?« nach.

»Wir sind im Wohnzimmer, Rabenvögel schauen«, sagte seine Frau.

Der Familienvater gesellte sich hinzu.

»Andre meint, sie seien gefährlich«, sagte die Mutter lächelnd.

»Laß nur die Fenster zu, Britta. Ich bin nicht so gut im Fenster zunageln wie Rod Taylor in Hitchcocks »Vögel«, und deine neue Frisur sollte bis heute abend unangetastet bleiben«, sagte er lächelnd.

»Gefällt dir meine neue Frisur?«, fragte die Ehefrau und schenkte ihrem Mann einen verführerischen Blick.

»Sehr, mein Schatz«, sagte der Ehemann und gab seiner Frau einen Klaps auf den Po.

»Was ist jetzt mit den Vögeln?«, fragte Andre nach.

»Die Invasion ist vorbei, Andre. Komm essen«, sagte der Vater.

Die Familie ging geschlossen ins Eßzimmer. Die schwarzen Rabenvögel verstummten und zogen sich zurück. Hitchcock war nicht im Landschaftsbild aufgetaucht. Er konnte nicht Regie geführt haben.

REINIGENDES GEWITTER

Da sein Vater etwas anderes zu tun hatte, wurde Elmar Voll von ihm zum Kleider abholen schnell zur Reinigung geschickt.

Beim Betreten der Reinigung rang er der Angestellten eine mittelfreundliche Begrüßung ab und drückte ihr den Bon in die Hände.

»Ist schon bezahlt«, sagte er.

»Weiß ich«, sagte die Angestellte der Reinigung und schritt zur Tat.

Sie drückte auf einen Knopf und aktivierte den großen Klamottenzirkus.

Die frisch gereinigten Kleider an der Stange rauschten wie ein Kinderkarussell an Elmars Augen vorbei.

Er überlegte, welche Geschichten sich hinter jedem einzelnen Kleidungsstück verbargen.

Die etwas ältere Cordhose mußte wohl gereinigt werden, weil der alte Mann, dem sie gehörte, sich auf einem Dorffest beim genußvollen Biß in die heiße Rote mit Senf bekleckert hatte.

Die hellbraune Jacke war vermutlich einem Schluck Cola zum Opfer gefallen, den die Freundin des Besitzers, eines jungen Mannes, beim Heavy-Petting im Kino versehentlich über das gute Stück geschüttet hatte.

Den Flecken des Hobbymalers weißen Overalls wurden mit einer Vollreinigung der Schrecken genommen.

Beim schwarzen Anzug, der mit flottem Tempo an

Elmars Augen vorbeizog, ging seine Phantasie etwas mit ihm durch.

Sex im Fahrstuhl zwischen zwei mittleren Angestellten, die einzige Möglichkeit, dem straff durchstrukturierten Alltag auf angenehme Art und Weise für einige kostbare Minuten zu entkommen, wird es wohl gewesen sein, der das Sperma zwischen rechtem Jackentäschchen und Reißverschluß des feinen Höschens verursacht hatte.

Nach der Entlarvung durch die Ehefrau, die Ausrede mit der Mayo war nicht ausreichend glaubhaft gewesen, wird man sich nach einem heftigen, reinigenden Gewitter dazu entschlossen haben, den kompletten Anzug reinigen zu lassen und die Sache zu vergessen.

»So, Ihre Kleider. Da hätten wir einmal die hellblaue Sommerjacke und die beige Hose«, unterbrach die Angestellte der Reinigung Elmars Gedankengänge.

»Die sind ja wieder richtig sauber«, ließ er sich zu einem Kompliment hinreißen.

»Da können Sie mal sehen, wie perfekt wir arbeiten«, sagte die Angestellte der Reinigung, ohne ein Lächeln zu verschwenden.

Vor Elmars Augen legte sie die Kleidungsstücke ordentlich zusammen und schob sie in die große Tüte, auf der viel Werbung aufgedruckt war.

»Ist schon bezahlt«, wiederholte sich Elmar.

»Ich weiß«, sagte die Angestellte der Reinigung und wünschte Elmar ein schönes Wochenende.

»Danke. Gleichfalls«, sagte Elmar, nahm die Tüte zur Hand und ging.

Eigentlich hätte er gerne die Angestellte der Reinigung für ihre großen Brüste gelobt.

Zwei Komplimente an einem Tag wären für Elmars Verhältnisse jedoch zu viel gewesen, und die Dame mittleren Alters war wohl zu gesetzt, als dass sie ein Lob ihrer Brüste als solches hätte einordnen können.

ER, EICHBAR

LKW-Fahrer ist ein harter Job. Er stellt die Brummiexperten von der Landstraße teilweise vor nahezu unlösbar komplexe logistische Aufgaben.

Da ist es schön, um die Existenz von Fuhrunternehmen zu wissen, für die »Alles erreichbar« ist, deren Fahrer ihren Job »nice and easy« ausführen.

Sollte allerdings das zweite »r« bei »erreichbar« fehlen, ist die Frage erlaubt, ob es sich dabei lediglich um das Problem eines auf den Werbeaufdruck schlecht geklebten und in die Benzinpfütze gefallenen Buchstabens handelt, oder ob mehr dahintersteckt.

Denkbar wäre, dass sich hinter dieser orthographisch fragwürdigen Schreibweise die Charaktereigenschaften des Fahrers verbergen.

Er ist eichbar, leicht auf Linie zu bringen.

Nach einem langen, anstrengenden Tag liegt er mit der Route Stuttgart-Wien im Kopf im Bett, knipst das Nachttischlämpchen aus, um eine Mütze voll Schlaf zu bekommen. Plötzlich läßt der Chef in seiner Rolle als kreativer Vordenker gegen Mitternacht mehr als 4mal das Telefon klingeln. Sein bester Fahrer nimmt ab.

»Alles klar, Chef«, ist seine Reaktion auf die neue, Flexibilität fordernde Routenänderung seines Chefs, die ihn am folgenden Tag anstatt mit der Hauptstadt Österreichs Bekanntschaft mit Rom, der ewigen Stadt, machen läßt.

Desweiteren denkbar wäre, daß der Fahrer, in diesem Fall wohl einer der schlechteren des Fuhrunternehmens, gerne während der Arbeitszeit einen Trinken geht.

Der Chef läßt über Funk nach Maier fragen. Die ernüchternde Auskunft eines fleißigen Kollegen läßt verlauten, dass »er«, Maier, in der »Eichbar« ist.

Die Tatsache, dass der entlarvte Maier es nicht beim Annippen des vor ihm stehenden Bierglases oberhalb des Eichstriches beläßt, sondern sich auf Kosten des Hauses, seines Arbeitgebers, sich den ganzen Gerstensaft aus dem bauchigen Rundkelch hinter die Binde kippt, läßt erhebliche Zweifel aufkommen, ob die Bier- und Sprudelkisten, an heißen Sommertagen wichtigstes Frachtgut, ihren Weg von Augsburg nach Wernau termingerechter Vereinbarung entsprechend finden.

Das zweite »r« taucht vor dem geistigen Auge des Betrachters wieder auf. »Alles erreichbar«.

Also doch. Alles logo, alles supergut.

»Fanta, Cola, Bieeeeeeer«, sind bei ROLF, wie auf dem gegen die Windschutzscheibe gelehnten Blechschild zu lesen steht, stets in guter Obhut.

AUFKLÄRUNG

Der Tag, an dem mich die Zeitschriftenverkäuferin Effi Manzke darüber aufklärte, warum ich Heidi Klum, unser deutsches Topmodel aus Bergisch Gladbach, nicht heiraten konnte, war ein regnerischer.

Ich hatte in diesem exquisiten Newspaper-Store vor den auf mich niederprasselnden Regenmassen Schutz gesucht. Mein Regenschirm hatte keine Lust gehabt, mit mir auszugehen.

Ich stand vor dem Regal, das mit den aktuellsten Zeitschriften prall gefüllt war.

Ein Sonderheft mit den schönsten Fotos von Heidi Klum erweckte mein gesteigertes Interesse.

»Um die müßten Sie sich bemühen«, sagte Effi Manzke, an der Kasse stehend.

»Bei so einer habe ich keine Schnitte. Ich habe schon mit den Mauerblümchen meine Schwierigkeiten.«

»Dann machen Sie etwas falsch, junger Mann.«

»Bestimmt, Frau Manzke. Bestimmt.«

»Ich sage es Ihnen, wie es ist. Heidi Klum steht auf Männer mit Geld. Deswegen haben Sie keine Chance.«

»Das heißt im Umkehrschluß, daß ich vom Aussehen her gut genug für sie wäre.«

»Na klar. Ein strammer junger Mann wie Sie. Wenn ich noch jünger wäre, dann…«

»Sie schmeicheln mir, Frau Manzke.«

Sie schaute mich an, als ob sie mich jeden Augenblick hinter dem Vorhang ihres kleinen Abstellräumchens verführen wollte. Dabei hatte die Lokalpresse wenige Tage zuvor über Effi Manzkes 60.Geburtstag berichtet.

»Wissen Sie, warum ich Heidi Klum auch als reicher Mann nicht haben wollte?«

»Nöööö.«

»Weil ihre Mutter mit Vornamen Erna heißt. Sie mag eine tolle Frau sein, aber ich möchte keine Schwiegermutter haben, die mit Vornamen Erna heißt.«

Ich wurde etwas sarkastisch, weil man mir an jenem Tag einen Job als Fischentgräter wegen mangelnder Fachkenntnisse verweigert hatte.

»Das ist doch egal, wenn sie schon so ein schönes Kind auf die Welt gebracht hat.«

»Eben nicht.«

»Sie sind ein komischer Kauz.«

»Da mögen Sie recht haben. Aber Konsequenz muß sein. Einen recht schönen Tag noch, Frau Manzke.«

Ich verließ das Zeitschriftenfachgeschäft. Draußen hatte es aufgehört zu regnen. Ein Regenbogen machte meine wolkenverhangene Welt etwas bunter.

DAS FAHRENDE
FEHLERSUCHSYSTEM

Der Vereinsmäzen Theobald Sackmann sitzt Montag morgens auf dem Weg zur Arbeit in der S-Bahn stets in ein und demselben Abteil am selben Platz und liest Zeitung.

Dem Sportteil gilt aus besonderem Grunde sein gesteigertes Interesse. Sackmann holt seine Lesebrille aus dem Etui, zückt einen gespitzten roten Bleistift und prüft die erschienenen Spielberichte seines Pressewarts auf deren Richtigkeit.

Dabei kommt es ihm weniger auf Satzbau und Inhalte an. Diesbezüglich weiß er um des Pressewarts außergewöhnlichen Fähigkeiten, die in regelmäßigen Abständen zu loben Sackmann für unangebracht hält.

Der Vereinsmäzen prüft ausschließlich die Orthographie auf mögliche Fehlerquellen. Dabei faßt er den Begriff der Rechtschreibung weit, schließt die Zeichensetzung mit ein.

Die weibliche Jugend B des TSV Waldhausen, Abteilung Handball, hat am vergangenen Wochenende gegen die HSG Weinstadt gespielt.

Der Ortsname »Waldhausen« wurde mit einem »t« nach dem »l« geschrieben. Das Adlerauge, die »Geheimwaffe« im ausgeklügelten Fehlersuchsystem des Vereinsmäzens, kommt zum Einsatz, und aktiviert den kompletten Überprüfungsapparat. Sackmann muß seines Amtes walten. Sein Rotstift kommt zum Einsatz, korrigiert die offensichtliche orthographische Schmach des Pressewarts.

Glücklicherweise kann so ein Bleistift nicht eintrocknen, denkt Sackmann, und entdeckt einen weiteren Fehler.

Der Ortsname »Weinstadt« wurde mit zwei »ts« am Schluß geschrieben, anstatt mit »dt«, wie es sich gehört.

Sackmann vermerkt am rechten Zeitungsrand ein oberlehrerhaftes »R« für Rechtschreibfehler.

Der Vereinsmäzen, der hauptberuflich in der Verwaltung arbeitet, muß erst bei der vorletzten Station aussteigen.

Da bleibt genügend Zeit, sich auf weitere Fehlersuche zu begeben.

Die 1.Herrenmannschaft des TSV Waldhausen hat gegen die HSG Oberer Neckar gespielt. Das Wort »Neckar« wurde mit zwei »ks« geschrieben.

Mit diesem Pressewart ist keine Schiff-Fahrt zu organisieren, sagt Sackmann leise vor sich hin.

Dabei zischt ihm der Gedanke durch die Hirnwindungen, dass er selbst nicht weiß, ob das Wort »Schiff-Fahrt« mit zwei oder drei »f« oder gar in zwei Wörtern mit Bindestrich und einem großen »F« geschrieben wird.

Sackmann vertieft sich mehr und mehr in die Fehlersuche. Sabine Bachmann, die Kreisläuferin der 1.Damenmannschaft, hat mit zwölf Toren das Auswärtsspiel beim Tabellennachbarn TSV Alfdorf nahezu im Alleingang gewonnen. Sackmann weiß, dass sie nach ihrer Heirat mit Uli Krümpelmann, dem Tormann der Fellbach-Schmidener, einen Doppelnamen trägt.

Nach dem Entdecken des vierten Fehlers, von dem einer sogar inhaltlichen Ursprungs war, meldet sich der Zugführer via Lautsprecher.

»Nächster Halt, Flughafen.«

Sackmann sackt in sich zusammen. Er ist eine Station zu weit gefahren. Schnell packt er seine Utensilien mitsamt dem belastenden Beweismaterial zusammen und steigt aus.

Dem Pressewart werde ich einen Rüffel verpassen, an den er sich noch lange erinnern wird, denkt Sackmann.

»Taxi«, ruft er laut aus.

Ein Taxi hält an und nimmt ihn mit.

Die Handballvereine TSV Waldhausen, HSG Weinstadt, TSV Alfdorf, SG Fellbach-Schmiden und HSG Oberer Neckar existieren wirklich. Die spieltechnischen Zusammenhänge der Vereine untereinander haben nichts mit der Realität zu tun, ergeben sich aus literarischer Notwendigkeit. Die Namen des Vereinsmäzens bzw. des Spielers und der Spielerin sind frei erfunden.

FRISCHE FISCH

Das italienische Restaurant hat an diesem Dienstag Leckeres im Angebot.

»Wir haben frisches Fisch«, steht auf der vor der Eingangstüre aufgestellten, schwarzen Tafel mit weißen Kreidelettern geschrieben.

Gegen 17 Uhr, kurz nach Öffnung des Restaurants, betritt Egon Griffelhalter, seines Zeichens Deutschlehrer, mit Ehegattin Luise, ebenfalls Deutsch unterrichtend, die Lokalität.

Sie setzen sich an den besten Tisch, der Sicht auf die anderen, noch nicht eingetroffenen Gäste, und Lichteinfall durch das mit Ornamenten verzierte, in vier kleine Scheibchen unterteilte Fenster zu bieten hat.

»Guten Abend, was darf ich Ihnen bringen?«, fragt der Kellner, ein großgewachsener Mann mit schwarzem Haar.

»Meine Frau und ich, wir wollen frisches Fisch haben«, bestellt Griffelhalter die Spezialität der Weltmeere.

»Frisches Fisch zu essen, und eine Karaffe weißes Wein zu trinken, bitte.«

»Weißes Wein, kommt sofort«, sagt der Kellner.

Griffelhalter nimmt den Kellner kurz zur Seite, indem er ihn sachte an den Händen festhält.

»Hören Sie mal her, junger Mann. Sie sollten draußen vor der Tür an Ihrer Tafel aus dem »s« bei frisches ein »n« machen, und uns nachher weißen Wein servieren«, weist Griffelhalter den Kellner auf dessen leicht fehlerhaftes Deutsch hin.

Der Deutschlehrer geht so weit mit ihm durch, dass er sogar den Romantitel des Borchert'schen Nachkriegsstückes in seinen kleinen Tadel einflicht.

»Entschuldigung, meine Deutsch ist nix so gut wie Ihre.«

»Wenn Sie eine Minute Zeit haben, dann üben wir ein bißchen.«

»Okay.«

»Also. Fischers Fritz fischt frische Fische. Frische Fische fischt Fischers Fritz. Man könnte auch »Fischers Fritz fischt frischen Fisch« sagen. Verstehen Sie?«

»Fisch von Fritz ist aber nicht so gut wie meine Fisch, oder?«

»Ist nicht so gut wie mein Fisch.«

»Was, Sie haben auch Fisch. Wo? In Ihre Gartenteich?«

»Egon, ich glaube, jetzt ist es gut«, sagt Frau Griffelhalter.

»Ich bring mal schnell Ihre Wein, ja?«, sagt der Kellner und entfernt sich.

»Du kannst auf italienisch auch nicht mehr als »Gracie«, »Prego« und »Salute«. Der junge Mann kann auf Deutsch immerhin ganze Sätze bilden. Ich finde, du solltest dich mäßigen, Egon«, sagt Luise Griffelhalter.

Der Kellner kommt zurück.

»So, Ihre weiße Wein. Prego.«

»Bringen Sie drei Ramazzotti auf meine Rechnung«, sagt Griffelhalter.

Der Kellner bringt eine Flasche des edlen Getränks und drei Gläschen.

»Sehen Sie, mein Freund, Ramazzotti ist Universalsprache. Salute. Ha ha ha«, sagt Griffelhalter und erhebt sein Stamperl.

Im Radio läuft eine Werbung für die »Leute heute«-Sendung.

»Alles wird gut«, sagt Nina Ruge.

»Alles ist gut«, sagt der Kellner, stößt mit den Griffelhalters an und trinkt seinen Ramazzotti.

»Ich glaube, er hat verstanden«, sagt Griffelhalter und schenkt seiner Frau ein Lächeln.

»Freu dich auf deinen Fisch. Ich glaube, der Koch des Restaurants kann guten Fisch zubereiten«, sagt Frau Griffelhalter und kneift Egon in die Backe.

»Ich muß mich um Ihre Fisch kümmern. Ist bestimmt schon fertig«, sagt der Kellner.

Egon und Luise Griffelhalter warten auf ihren Fisch und stoßen derweil mit in stilgerechten Gläsern eingeschenktem Weißwein an.

SCHÜLERWECHSEL

In einer Lehrerkonferenz beantragte Herr Dreieck-Pythagoras, seines Zeichens Mathematikprofessor und in zweiter Ehe mit einer Griechin verheiratet, daß auf den Schulkorridoren Schilder mit der Aufschrift »Schülerwechsel« aufgestellt werden sollten.

Er begründete seinen Antrag damit, daß er einige Tage zuvor von einer ganzen Schülergruppe über den Haufen gerannt worden war.

Die versammelte Lehrerschaft war amüsiert.

»Vielleicht sollten Sie es vorher mal mit einer neuen Brille versuchen, Herr Kollege«, sagte Nischenberg, der Biologielehrer.

Das Amüsement, die allgemeine Erheiterung, verwandelte sich in schallendes Gelächter.

»Sehr witzig, Herr Kollege, sehr witzig«, sagte Dreieck-Pythagoras verärgert.

»Wie soll das funktionieren, Herr Kollege Dreieck-Pythagoras?«, fragte Frau Angela Volt-Auftrieb, die Physiklehrerin, interessiert nach.

»Vielleicht schicken wir die Schüler nachts in die Wälder, damit sie dort die »Wildwechsel-Schilder« mitgehen lassen. Danach können sie im Kunstunterricht von Herrn Maler die Rehe mit Schulranzen tragenden Schülern übermalen«, sagte Nischenberg.

»Sie sind im Moment nicht gefragt, Kollege Nischenberg«, echauffierte sich Dreieck-Pythagoras.

»Können Sie jetzt bitte die Frage von Frau Volt-Auf-

trieb beantworten?«, forderte der Rektor Dreieck-Pythagoras auf.

»Aber gerne. Wir lassen die Schilder ganz einfach bei
einer Firma herstellen.«

»Wer soll das bezahlen? Ist Ihre Frau mit einem grie-
chischen Reeder verwandt?«, warf Nischenberg ein.

»Jetzt reicht's, Kollege Nischenberg. Ich erteile Ihnen
hiermit einen Verweis. Verlassen Sie bitte das Lehrerzim-
mer«, griff der Rektor durch.

Plötzlich war Ruhe im Raum. Das Machtwort des
Rektors zeigte Wirkung.

»Ich halte den Vorschlag von Kollege Dreieck-Pythagoras für nicht abstimmungswürdig und beende somit
die Konferenz. Die Sache mit Nischenberg wird noch
ein Nachspiel haben«, fuhr der Rektor fort.

Die Lehrer gingen wieder in ihre Klassenzimmer, um
zu unterrichten.

Fünf Tage später wurde Nischenberg von zwei Schü-
lergruppen auf den Schulkorridoren über den Haufen
gerannt. Die Endstation für den Biologie-Lehrer hieß
Krankenhaus. Kollege Dreieck-Pythagoras besuchte ihn
dort und brachte Nischenberg eine neue Brille mit.

DIE SEKTHERBERGE

Das Sommer-Stadtfest hat begonnen, und als es gegen später leicht nieselt, suchen die Menschen Unterschlupf in der »Sektherberge«.

Diese Unterkunft der besonderen Art besteht aus einem großen, weißen Zelt, das von einem Feng-Shui-Zauberer der Extraklasse eingerichtet worden sein muß.

Die harten Schrannen stehen in exakt aufeinander abgestimmten Abständen, so daß jeder Besucher genügend Bein- und Fußfreiheit hat.

Im Zelteck steht das Wichtigste.

Eine megagroße Sektbar, hinter der der schwergewichtige Herbergsvater das köstliche Naß ausschenkt.

Die beim Alkohol Beheimateten können vom Sekt, jenem Getränk, das viel Kohlensäure enthält, und beim Ausschenken schäumt, gar nicht genug bekommen.

Das Trinken von ein, zwei Gläschen, das ein aufregendes, belebendes Prickeln auf die Zunge legt, steigert sich zum Sektsaufen.

Die in Gläser eingeschenkte Menge Alkohol reicht einigen nicht mehr aus.

In Sektkübeln kühl gehaltene Flaschen werden auf den Tischen aufgefahren.

Einer der männlichen Sekttrinker möchte gerne mit der Alkoholaufnahme Schluß machen und den Heimweg antreten, die blonde Sekttrommlerin aus der Fernsehwerbung taucht jedoch immer wieder vor seinem geistigen Auge auf, stellt die allesentscheidende Frage und animiert ihn zum Weitertrinken.

Also trinkt er weiter.

Da seine Flasche und sein vor ihm stehendes Glas leer sind, baggert er seine Bierschrannennachbarin an, die seit geraumer Zeit an ihrem Gläschen nippt und mehr roten Lippenstift am Glasrand hinterlassen als Sekt getrunken hat.

Der passionierte Sekttrinker stimmt ein Liedchen an.

»Sekt is natural, Sekt is fun, Sekt is special, one after the other. I want your Sekt.«

»Kommen Sie, trinken Sie es vollends aus. Ich kann sowieso nicht mehr«, sagt die Angebetete, die mehr auf antialkoholische Getränke zu stehen, sich in der Herberge verirrt zu haben scheint.

Der Sekttrinker nimmt das Glas und kippt sich noch einen hinter die Binde. Dieses Glas gibt ihm den Rest. Er mutiert zur völlig enthemmten Rauschkugel, steigt auf den Tisch und fängt zu tanzen an.

»Ausziehen, ausziehen«, skandieren die Mitbewohner der Sektherberge.

Die Rauschkugel macht einen letzten Ausfallschritt, fällt vom Tisch und schlägt wie ein aus entsprechender Höhe abgeworfener Wackerstein hart auf dem Boden der Tatsachen auf.

»Les jeux sont faits. Rien ne va plus.«

Die zur Ausnüchterung vorgesehene Alkoholleiche wird auf eine rote Bahre geschnallt und in seiner Not von Sanitätern abgetragen. Einige spenden aufmunternden Applaus. Wer noch kann, der trinkt weiter.

Die Sektherberge ist um einen Gast ärmer. Gute Besserung.

»I want your sex« ist ein Song von George Michael (ex-Wham)

MACHT EUCH FIT FÜR DEN STAR

Der Musiksender »Lila II« veranstaltet eine Art mediale Homestory für seine weiblichen Fans.

»Komm zurück zu mir«, der erste Hit des eingeladenen Popstars Oliver C., wurde 2 millionenmal verkauft.

Nun, Mädels, Postkarte ausfüllen, ein Briefchen mit Briefmarken drauf tut's auch, oder aber e-mailen und ab damit zu »Lila II«.

Stichwort »Auf dem Kanapee mit Oliver C.«.

50000 »Lila II«-Seherinnen bewerben sich. Drei Mädels werden gezielt ausgesucht.

Cindy ist hübsch, hätte also durchaus Chancen bei Oliver, Michaela hat noch Entwicklungsmöglichkeiten und Mona weiß, daß sie ein häßliches Entlein bleiben wird.

Mit auf dem Kanapee sitzt der jugendlich coole Moderator Tim mit Igelfrisur.

Er hat die Aufgabe, zwischen dem unerreichbaren Popstar aus Fleisch und Blut und den Mädels Kontakt herzustellen.

Die Mädels sind mit seiner Hilfe bald mit dem Popstar auf Du und Du.

Nach einer Weile greift der Moderator ein. Das Ganze geht ihm ein bißchen zu weit, wird ihm zu intim.

Den Zuschauern, die draußen vor den Bildschirmen dem Happening beiwohnen, sollte klar sein, wer Popstar ist und nie mehr Geldsorgen hat, und wer später im Kosmetikladen die Parfümfläschchen an die Kundschaft bringt.

Der Moderator fragt den Popstar, ob er eine Freundin hat. Sein »Ja« kommt wie aus der Pistole geschossen. Mona grinst. Sie hätte wohl nicht die besten Karten beim Popstar gehabt.

Michaela, die noch Entwicklungsmöglichkeiten hat, schneidet eine Grimasse.

Cindy, die Megahübsche, beißt sich in die Lippen. Sie blutet. Insgeheim hofft sie, daß Oliver ihr das Blut von den Lippen leckt.

Es kommt alles viel unromantischer.

Der Moderator reicht ihr ein Tempotaschentuch.

Alle drei Mädels sind aufreizend gekleidet, untermauern mit Overkneestiefeln und schwarzen Strümpfen ihren Anspruch auf frühreife Weiblichkeit.

Im Alter von 15 Jahren für manch gestrengen Beobachter ein Skandal ersten Ranges, nahezu ein Fall für die Jugendaufsichtsbehörde.

Der Moderator fragt die Mädels, ob sie einen Freund haben. Lediglich Mona hat einen.

Die beiden anderen reden sich damit heraus, daß sie keine Zeit für einen Freund hätten. Sie müßten lernen.

Der Moderator zeigt dafür Verständnis. Lernen und Bildung im allgemeinen seien sehr wichtig, sagt er.

Oliver singt seinen Hit, und dann ist alles vorbei.

Er sagt, daß es nett war, schreibt den Mädels ein Autogramm auf die Stiefel und verschwindet in den Katakomben des Senders.

»So, Mädels, das war's. Noch ein Tipp. Wenn's regnet, bevor ihr rausgeht, immer daran denken, die Stiefel zu Hause zu lassen. Der Edding war leider nicht wasserfest.«

Die Mädels kichern.

Der Moderator verabschiedet sich vom Millionenpublikum. Der Abspann läuft.

Ende der Sendung. Wieder ein Meter Fernsehshow auf der Spule, gegen deren Aufnahme das Archiv sich ein weiteres Mal nicht wehren konnte.

ÜBERWINDUNG DER EIGENEN OHNMACHT

Der kleinwüchsige Topmanager steht vor einem riesengroßen Baukomplex. Die Firma, die er aufkaufen möchte, hat Pleite gemacht.

In seinem Geldkoffer befindet sich das Geld für den Deal. Sein Blick geht in Richtung Himmel.

Die Größe des Baukomplexes verleiht dem Topmanager das Gefühl von Ohnmacht.

Wenn ich schon kleinwüchsig bin, dann kann ich an Größe gewinnen, indem ich da reinmarschiere, die Kohle auf den Tisch lege und das Ding aufkaufe, denkt er.

In einer Abwandlung von Westerhagens »Dicke« ist er mit Kohle auch als »Kleiner« gefragt.

Er marschiert in die Firma rein.

Seine Körperhaltung ist selbstbewußt. Brust raus und gerade Kopfhaltung.

Seine Fischaugen haben einen gierigen Ausdruck.

Der 1,93 m große Pleitemanager begegnet ihm. Der kleinwüchsige Topmanager fühlt sich unwohl. Trotz des vollen Geldkoffers in der Hand kommt er sich mit seinen 1,48 m Körpergröße etwas mickrig vor.

Schwarzenegger meets De Vito denken sich die verbliebenen, um die beiden herumschwirrenden Angestellten.

»Gehen wir ins Büro, kommen Sie«, sagt Schwarzenegger zu De Vito.

»Ich folge Ihnen unauffällig«, sagt De Vito, im sicheren Gefühl des Triumphes.

»Setzen Sie sich«, sagt Schwarzenegger.

»Ich kaufe Ihre Firma auf«, sagt De Vito.

Plötzlich fühlt er sich groß und mächtig.

In diesem Moment geht es nicht um seine Körpergröße, sondern um das Geschäft, um den großen Deal.

Der Pleitemanager wirkt auf seinem Bürosessel sitzend physisch nicht mehr so übermächtig.

»Unterschreiben Sie diesen Vertrag, und die Firma gehört Ihnen«, sagt Schwarzenegger.

De Vito unterschreibt und lächelt.

»Viel Glück, mein Guter, ich muß jetzt los. Mein Flugzeug wartet. Ich fliege mit meiner Frau zum Golfspielen nach Florida. Ihr Handicap ist besser als meins. Ich muß ausgeruht sein, wenn ich mich ihr zum Match stelle.«

Schwarzenegger steht auf, reicht De Vito die Hand und begleitet ihn zum Ausgang.

De Vito zieht mächtig von dannen. Schwarzenegger wird es verkraften.

HEIMO ALLEIN ZU HAUS

Heimo war 9 Jahre alt. Eines Nachmittags hatte er sturmfreie Bude, da seine Eltern mit dem kleinen Schwesterchen Ida beim Spezialarzt waren.

Heimo öffnete das große Fenster seines Kinderzimmers und schaute auf die Straße.

Die Ellenbogen auf den Sims gestützt, die Hände gegen die Backen gestemmt, beobachtete er gelangweilt, wie seine Freunde aus der Nachbarschaft Fußball spielten.

Die Sonne schien. Kein Wölkchen vermochte den blauen Himmel zu trüben.

Es war »Kaiserwetter«.

Rüdiger, Heimos Klassenkamerad, hatte den Torwart der gegnerischen Mannschaft bereits ausgespielt und wollte zwischen den beiden Steinen, die das Tor markierten, einschieben, da hallte eine Kinderstimme durch die Straße.

»Kommt alle her, ich biete euch eine besondere Show.«

Heimo hatte seinen Freunden befohlen, sich vor seinem Kinderzimmer zu versammeln.

Als alle seinem Ruf gefolgt waren, begann er, einzelne Gegenstände seines Kinderzimmers zu verschenken.

»Wer will die Ritterburg haben?«, schrie er laut aus.

»Ich«, meldete sich Ingo.

Die Ritterburg flog aus dem Fenster, quer über den Rasen und landete neben einer eingepflanzten Narzisse. Frau Dornbirn vom Nachbarhaus schaute aus dem Fenster, den Telefonhörer in der Hand haltend.

Sie legte ihn jedoch wieder auf die Gabel, wohl wissend, dass Heimos Eltern mit Klein Ida beim Spezialarzt waren.

»Wer will das Piratenschiff haben?«, fragte Heimo etwas leiser in die Runde.

Udo meldete sich als erster und sollte »Peter Pan« bekommen.

Heimo warf es aus dem Fenster. Udo fing das selbstgebastelte Schiff direkt auf.

Die zur Ritterburg gehörenden Figuren, reitende Ritter, und angreifende, mit Pfeil und Bogen ausgestattete Ritter zu Fuß, ohne Pferd, warf Heimo ohne zu fragen in die Menge. Ingo bekam einen reitenden Ritter ab, so dass er mit seiner Ritterburg nicht nackt dastand.

»Wer will meinen Farbwürfel haben?«

Frieder, der mathematisch begabt war, ihn daher am schnellsten auf allen sechs Seiten zur Einfarbigkeit bringen konnte, durfte den Würfel haben.

Nachdem die Benjamin-Blümchen-Kassette, der Kopfhörer von Heimos Stereoanlage, die Buntstifte, der Zirkel samt Geodreieck und der Spitzer verteilt waren, blieb ein letztes Utensil zur Verteilung übrig.

»Wer will die Barbie-Puppe haben?«, schrie Heimo aus dem Fenster.

Beim Verschenken dieser Puppe handelte es sich um einen Racheakt.

Klein Ida war zu ihrem größeren Bruder sehr böse gewesen, so dass Heimo dachte, es könnte sie treffen, wenn er die frisch gebürstete Barbie herschenkte, die sie in seinem Zimmer liegen lassen hatte.

»Ich«, schrie Tamara, das einzige Mädchen auf der

Straße, das die Jungs beim Fußball spielen anfeuern durfte.

Die Barbie-Puppe flog aus dem Fenster und landete im Wasserfaß, das Heimos Vater aufgestellt hatte, um dem heißen Sommer zu trotzen.

Tamara nahm die Barbie aus dem Wasserfaß, wrang sie aus und sprang hüpfend von dannen.

Als alle wartenden Kinder mit einem Gegenstand versorgt waren, kamen Heimos Eltern nach Hause.

Ida, der es nach dem Besuch beim Spezialarzt besser ging, lief weinend durch das ganze Haus, weil sie ihre Puppe vermißte.

Heimos Eltern schlugen die Hände über dem Kopf zusammen, als sie das ausgeräumte Kinderzimmer erblickten.

Sofort machte sich Heimos Mutter, eine Frau des sprühenden Charmes, auf den Weg, die Sache von den Nachbarskindern zurückzufordern.

Mit einem großen Kartoffelsack in den Händen schellte sie an den Haustüren, spielte im Hochsommer einen Weihnachtsmann, der die Geschenke wieder einsammelte.

Heimo bekam zwei Wochen Hausarrest. Er mußte versuchen, mit seinen Sachen etwas Vernünftiges anzustellen, um einen Bezug zu ihnen zu bekommen.

Es war das erste Mal, dass alle sechs Seiten seines Würfels einfarbig waren, und die Buntstifte ordentlich gespitzt in Reih und Glied im Schulmäppchen lagen.

DAS VERWAISTE GASTHAUS

Verschiedene Wirtsleute unterschiedlicher Nationen hatten versucht, das Gasthaus »Zum Goldenen Ochsen« in Edelbach auf Vordermann zu bringen.

Der Yugoslawe ein halbes Jahr mit leckeren Cevapcici, Duvec-Reis und Beilagen, der Grieche ein Jahr mit Gyros, Pommes, Chips oder Reis, Souvlaki-Spießchen und Ouzo-Schnäpschen zur Verdauung, der Deutsche eineinhalb Jahre mit deftiger Hausmannskost, Linsen mit Spätzle, Kutteln oder sauren Nierchen, ein weiterer Grieche ein Jahr mit großen Grilltellern und mehr Ouzo, noch ein Deutscher ein halbes Jahr mit spottbilligen Schnitzel-Aktionswochen, Rahm,- Jäger- und Wiener Schnitzel, und der Italiener zwei Jahre mit Pizza, Pasta, Amaretto und einer feschen Bedienung weiblichem Charme.

Aus Gründen unterschiedlicher Art waren alle gescheitert und mußten das Gasthaus schließen.

Frei nach dem Motto »Der letzte macht die Tür zu« hatte der Italiener das Gasthaus ausgeräumt, das Licht ausgemacht, die Eingangstüre des Gasthauses hinter sich geschlossen und die Speise- und Getränkekarte aus dem auf Höhe der Treppenstufen angebrachten Glaskasten genommen.

Wann immer Menschen abends das Gasthaus passierten, sah es verwaist aus.

Aus den Räumlichkeiten strahlte kein Licht durch die Fensterchen auf die Straße, und das abmontierte Reklameschild ließ den hell erleuchteten Ochsen mit ihn umschlingendem Schriftzug vermissen.

Freddy von Fritten, der erste »Gastronomiehistoriker« Deutschlands, bat den Eigentümer des »Goldenen Ochsen«, der seit Wochen geschlossen war, eines Abends nochmals um Einlaß.

Er war von stattlicher Postur, trug kurzes, schwarzes Haar, ein Bärtchen und war mit einem feinen Nadelstreifenanzug gekleidet.

Durch ein spezielles Ritual wollte er die Wände des verwaisten Gasthauses zum Reden bringen.

Von Fritten setzte sich an einen Tisch, packte das Vesper aus, bestehend aus einem Ring Schwarzwurst, einem Stückchen Hartkäse, Roggenbrot und einer Tube Körnersenf, und legte es auf das mitgebrachte Holzbrett.

Das Fläschchen Burgunder füllte er nach und nach in seinen großen Römer.

Da ihn niemand bedienen konnte, war im verwaisten »Goldenen Ochsen« Selbstverpflegung angesagt.

Den Schreibblock ausgepackt, den Bleistift und die Ohren gespitzt, erhob sich Freddy von Fritten von seinem Platz, lief zu den Wänden, berührte sie mit seiner linken Hand und forderte sie mit einem »Erzähl mir deine Geschichten« zur Redseligkeit auf.

Die Räumlichkeiten des »Goldenen Ochsen« bestanden aus zwei Speisesälen, die durch eine Wand mit eingebautem Torbogen getrennt waren.

Alle sieben Wände begannen auf einmal zu reden.

»Stop. Stop. Stop. Eine nach der anderen«, unterbrach der außerordentlich erfahrene Gastronomiehistoriker die sprechenden Wände.

»Wand Nr.1, bitte«, gab er den Startschuß.

Wand Nr.1, an der einst ein unechter Rembrandt hing, begann von einer Faschingsparty zu erzählen, die sich beim Yugoslawen zugetragen hatte.

Eine Gesellschaft von 20 Personen hatte gefeiert, gescherzt, gelacht, gesungen, getrunken und mit dem Blasen in Tröten ordentlich Lärm gemacht.

Bei der Polonäse durch die gesamte Räumlichkeit des »Goldenen Ochsen« zu vorgerückter Stunde hätte der etwas angeheiterte Helmut der feschen Heidelinde von hinten in den Ausschnitt gefaßt, sei von ihr daraufhin derart geohrfeigt worden, daß er zu Boden ging.

Die in der Polonäse hinter ihm Angeschlossenen seien einfach über Helmut hinweggelaufen, bis ihn der yugoslawische Gastwirt aufgelesen und ihm ein Halbliterglas Mineralwasser spendiert hätte.

Von Fritten hörte aufmerkam zu, stellte keine Zwischenfragen und schrieb mit.

»Wand Nr.2, bitte«, bat er die nächste Wand, ihre Geschichte zu erzählen.

Wand Nr.2, die einst mit einigen wertvollen Steinkrügen bestückt war, berichtete von einer Hochzeit, auf der es hoch hergegangen war.

Der Brautvater hätte im Spaß geäußert, sich einen anderen Bräutigam gewünscht zu haben, was der Bräutigam bierernst genommen, in den falschen Hals bekommen hätte.

Er sei mit dem Besteckmesser, zum Glück mit dem stumpfesten, das auf dem Tisch gelegen hatte, auf seinen zukünftigen Schwiegervater losgegangen, was die

Mutter des Bräutigams zum Anlaß genommen hatte, dazwischenzugehen.

»Schämt ihr euch denn gar nicht«, habe sie gebrüllt.

Die Braut, die von außergewöhnlicher Schönheit gewesen sein mußte, sei kurzfristig mit hysterischem Gebrüll aus dem »Goldenen Ochsen« geflüchtet.

Als sich alles wieder beruhigt hatte, sei Costa, der griechische Gastwirt, so freundlich gewesen, eine Runde Ouzo auf Kosten des Hauses auszuschenken.

Freddy von Fritten schüttelte den Kopf.

»Unglaubliche Geschichten«, murmelte er vor sich hin.

»Wand Nr.3, bitte«, gab er den Startschuß für die dritte Geschichte.

Wand Nr.3, die einst ohne Wandschmuck auskommen mußte, erzählte vom 90.Geburtstag von Tante Hiltrud, die als Geburtstagskind zunächst alle unter den Tisch getrunken habe und anschließend ihrem ältesten Sohn Alfred mitteilte, daß sie ihn zu enterben gedenke.

Costa hätte Alfred zum Trost eine ganze Flasche Ouzo und ein Schnapsgläschen spendiert.

Der Gastronomiehistoriker aß von seiner Schwarzwurst, tunkte jedes einzelne Rädchen in seinen mitgebrachten Körnersenf und lächelte verschmitzt.

»Wand Nr.4, bitte«, sagte er.

Wand Nr.4, die von einem Torbogen durchstoßen worden war, und sich daher einst mit jeweils zwei kleinen Wandtellerchen links und rechts des Torbogens begnügen mußte, berichtete vom 100.Geburtstag von Leo, dem alten Küfnermeister, der während des Geburtstagsständchens, das seine Lieben für ihn gesungen hatten, sanft entschlafen war.

Das Beerdigungsinstitut sei vor dem »Goldenen Ochsen« vorgefahren, und dessen beiden Bediensteten hätten Leo im Sarg hinausgetragen, was bei Leos 83jähriger Ehefrau Magda zu einer Herzschwäche geführt hätte.

Sie mußte mit dem Krankenwagen ins Krankenhaus gebracht werden. Freddy von Fritten notierte fleißig.

»Moment, Wand Nr.5«, sagte er und zückte blitzschnell einen Spitzer aus seiner Tasche.

Er spitzte seinen Bleistift an und gab Wand Nr.5 das Startkommando.

Wand Nr.5, die einst völlig ungeschmückt, hingegen gut gespachtelt war, berichtete von einem Herrenabend, bei dem mit Karten gespielt wurde.

Hugo habe beim Ausspielen der Trümpfe ständig mit abgeknicktem Zeigefinger auf den Tisch geklopft.

Kuno, der deutsche Gastwirt, sei mehrmals aufgeregt an den Tisch gekommen und habe zu mehr Ruhe gemahnt, da er auch andere Gäste im Lokal habe. Von Fritten fand die Geschichte von Wand Nr.5 etwas langweilig und hätte zu diesem Zeitpunkt seiner Recherche am liebsten einen klaren Schnaps bestellt.

Da in einem verwaisten Gasthaus jedoch keine Bedienung anzutreffen war, nahm er einen kräftigen Schluck aus seinem Weinglas.

»Wand Nr.6, bitte«, sagte er.

Wand Nr.6, die als längstes Gemäuer des »Goldenen Ochsen« einst das Glück gehabt hatte, mit impressionistischen Bildern von Monet, Sisley, van Gogh, Manet,

Cézanne und Renoir reichlich bestückt gewesen zu sein, räumte ein, zwei Geschichten auf Lager zu haben.

Nachdem von Fritten sie dazu autorisiert hatte, legte sie los.

Sie erzählte von der Konfirmation eines Kindes, das als einziges in der Kirche sein Sprüchlein nicht gekonnt habe.

Das Kind sei so unglücklich gewesen, daß es durch nichts aufzumuntern war.

Selbst als Onkel Eduard den Clown gab, sei kein Lächeln über des Kindes Gesicht gehuscht.

Die zweite Geschichte handelte von einer Damengesprächsrunde, bei der Gerlinde detailliert über das Fremdgehen ihrer Nachbarin berichtete.

Der Briefträger sei durchs Fenster geflüchtet und mit dem Hintern in dornigen Rosenbüschen gelandet, als der Ehemann unerwartet nach Hause gekommen war.

Mit den zurückgelassenen Hosenträgern des Briefträgers habe der gehörnte Ehemann seine Frau angegriffen, bis die Polizei gekommen sei und dem Streit ein Ende bereitet habe.

Von Fritten war sehr angetan ob der beiden Geschichten von Wand Nr.6 und sah erwartungsfroh der letzten Geschichte entgegen.

»Wand Nr.7, bitte«, sagte er und stach mit der Gabel in ein Stückchen Schwarzwurst.

Wand Nr.7, einst mit zwei Urkunden der Fußballabteilung des TSV Edelbach spärlich verziert, hatte eine nahezu unglaubliche Geschichte auf Lager.

Ede und Gero, zwei Fußballer des TSV Edelbach, hatten sich darüber gestritten, wer der bessere Fußballer sei.

Ede hatte behauptet, den anderen in einer Telefonzelle schwindelig zu spielen.

Peter, der Abteilungsleiter, habe im »Goldenen Ochsen« einen Fußball aus seiner Sporttasche ausgepackt, auf dem Parkettboden mit Kreide ein Viereck mit den Maßen einer Telefonzelle aufgezeichnet und die beiden antreten lassen. Ede sei über seine eigenen Beine gestolpert und mit seiner großen Klappe, Schnauze voraus auf dem harten Boden der Realitäten gelandet.

Eros, der italienische Gastwirt, hatte alle Hände voll zu tun, die Runde Amaretto, die Ede zu bezahlen hatte, in die Gläschen einzuschenken.

Als alle Geschichten erzählt waren, von Fritten seine Sachen zusammengepackt hatte, meldete sich plötzlich die Toilettentüre, die einst mit einem Blechschild behangen war, auf dem »Vorsicht, Stufe« stand, mit einem ätzenden Knarren.

»Na, hast du auch was zu berichten?«, fragte Freddy lächelnd.

»Ich nicht, aber die Wände im Toiletteninnenraum bestimmt«, sagte die sprechende Toilettentüre.

»An Schmuddelgeschichtchen habe ich kein Interesse, meine Reportage soll sauber bleiben«, sagte Freddy von Fritten, löschte das Licht und verließ vor dem mit dem Handy herbeigerufenen Eigentümer des »Goldenen Ochsen« das verwaiste Gasthaus.

Der Schlüssel drehte sich im Schloß und schloß die

mit abgeschlossener Handlung erzählten Geschichten wieder ein.

»Wollen wir hoffen, daß sich wieder ein Pächter findet«, sagte von Fritten zum Eigentümer.

»Wollen wir hoffen«, sagte der Eigentümer und schlug dem emsigen Gastronomiehistoriker vor, einen Trinken zu gehen.

Im »Ludwigstüble«, in dem königliches Bier ausgeschenkt wurde, brannte noch Licht.

BALKONIEN

Roland Laubinger war ein Urlaubsmuffel. Seit dem Hochzeitsurlaub 1964, den der Kanalarbeiter mit seiner Ehefrau Inge im Hochschwarzwald verbrachte, war er mit ihr und den drei Kindern Manuel, Emil und Edeltraud nie mehr im Urlaub gewesen.

Jedesmal, wenn die reiselustigen Menschen die schönste Zeit des Jahres im nahen oder fernen Ausland verbrachten, begnügte sich Familie Laubinger mit Balkonien.

Das Familienoberhaupt Roland saß von morgens bis abends in seiner lauschigen Gartenlaube, las die Zeitung mit den vier Buchstaben, trank Most aus dem stets bis zum Rand gefüllten, steinernen Krug und rauchte filterlose Zigaretten.

Inge, die nahezu alles, was ihr Mann machte, für richtig hielt, setzte sich zu ihm, borgte sich von ihrem Gatten einen Teil der Zeitung, meistens jene zwei, drei Blätter, auf denen die High Society durch die künstlich erzeugte, argumentativ mäßig stichhaltige Kakaopfütze gezogen wurde, trank Rotweinschorle aus einem der Henkelgläser, die ihr die Schwiegermutter zur Hochzeit geschenkt hatte, und rauchte Zigaretten mit Filter.

Die drei Kinder gingen zu den Nachbarskindern, die während der 6 Wochen Sommerferien gerade nicht im Urlaub waren, und spielten mit ihnen. Wenn die Schmittkes drei Wochen nach Ferienbeginn in den Urlaub fuhren, kamen die Grünings aus den schönsten Wochen des Jahres zurück, so daß die Laubinger-Kinder mit

Gabi und Hendrik Schmittke sowie Werner, Ralf und Vroni Grüning jeweils drei Wochen spielen konnten.

Manuel und Emil, die auf dem Gymnasium waren, zeigten an manchem Ferientag zusätzlich Bereitschaft, im Hinblick auf das kommende Schuljahr zu lernen.

Edeltraud, die die Hauptschule besuchte, und selbst dort äußerst dürftige Schulnoten nach Hause brachte, wurde im zarten Alter von 13 Jahren ihres ersten Freundes fündig.

Von diesem Zeitpunkt an verbrachte sie ihre Schulferien mit Alfi, einem 16jährigen Halbstarken mit Mofa.

Gegen 11 Uhr pflegte Inge, die nach einigen Jahren in einer Strumpfhosen herstellenden Fabrik Hausfrau geworden war, Zeitung, Rotweinschorle und Zigarettenschachtel auf dem kleinen, in der Mitte der Laube stehenden Tischchen zurückzulassen, und begab sich in die Küche, um das Mittagessen zuzubereiten.

Roland wartete, bis es fertig auf dem Eßzimmertisch stand, und erhob sich erst aus dem mit einem weichen Kissen versehenen Boden des Rattansessels, wenn Inge aus dem Küchenfenster ihr obligatorisches »Essen ist fertig. Essen!« in die Laube brüllte.

Nach dem Essen setzte sich Roland wieder in die Laube, las eine andere Zeitung, trank Most und rauchte filterlose Zigaretten.

Inge setzte sich daneben, trank Rotwein, rauchte Zigaretten mit Filter und strickte Handschuhe, warme Socken und Pullover für den Winter.

Der Grund, warum die Laubingers nie in den Urlaub fuhren, hieß Roland. Er hatte notorische Reiseunlust.

Koffer packen, zum Flughafen fahren, dort einchecken, diese kleinen Dinge, die unbedingt notwendig waren, wenn einer eine Reise tat, waren ihm zu anstrengend.

Hinzu kam seine Flugangst. Er stellte sich vor, wie das Flugzeug abstürzte, aus luftigen Höhen mitten in ein Meer plumpste. Für den Fall, dass er das wie durch ein Wunder überleben würde, war er sich sicher, dennoch einem sicheren Tod ins Auge sehen zu müssen. Roland konnte nicht schwimmen.

So hätte es für ihn auch wenig Sinn gemacht, in den Urlaub zu fliegen, da er am Urlaubsort unversehrt angekommen, sich bereits Gedanken gemacht hätte, ob er den Rückflug überlebte, und somit eine Entspannung oder Erholung während des Urlaubs unmöglich gewesen wäre.

Vor der Währungsumstellung war Roland nicht genügend motiviert gewesen, für sich und seine Familie bei der Bank Geld umzutauschen. Außerdem hatte er in der Schule kein Währungsrechnen gehabt, so dass er mit den Umrechnungstabellen Schwierigkeiten gehabt hätte.

Roland befürchtete auch, dass in einer Urlaubssituation Langeweile aufkam, der er nicht gewachsen sein würde.

Er hatte die Horrorvision im Kopf, wie der Polt und die Schneeberger in »Man spricht deutsch«, sich am Strand liegend ausschließlich darum kümmern zu müssen, was die Heinz-Rüdigers machten.

Da Roland kein Wassermensch war, wäre er in die Versuchung gekommen, wenn Inge schwimmen gegangen wäre, als Voyeur am Strand zu liegen und den properen

Mädels nachzuschauen, was ihm Inge übel genommen hätte.

Die Laubingers genossen Balkonien, das Roland ab und zu mit etwas Kirschenernte auffrischte, so dass er und Inge in der Laube neben Most, Wein und Zigaretten in eine gefüllte Obstschale greifen konnten.

Eines Dienstag nachmittags saß Roland in seiner Laube und las in einer Fernsehzeitung.

Nach dem »Heute Journal« würde am Abend »37°«, die Sendung mit der überhöhten Temperatur, ausgestrahlt werden.

Es ging um Menschen, die ihren Urlaub auf Balkonien verbrachten.

»Schau mal, Inge, da kommt heute abend etwas sehr Interessantes im Fernsehen«, sagte Roland.

»Schau es dir nur an«, sagte Inge beiläufig, nachdem sie einen Blick auf die Programmspalte der Fernsehzeitung geworfen hatte.

Mit Weizenbier und randvoller Chipstüte eingedeckt, saß Roland nach dem »Heute Journal« im Fernsehsessel.

»37°« begann. Der Bericht begleitete eine Familie und zwei Einzelpersonen während ihres Urlaubs auf Balkonien.

Ein Berliner Hauswart, liebenswerter Sonderling durch und durch, verbrachte den Sommerurlaub in seiner Wohnung. Er widmete sich seinen Hobbys, unter anderem dem Sammeln und Archivieren von Schallplatten, Autogrammkarten und sonstigem einer berühmten Opernsängerin, fütterte die Katzen, goß die Blumen und

Pflanzen und kümmerte sich um die Post der in den Urlaub gefahrenen Nachbarn.

Plötzlich kam Emil ins Wohnzimmer und legte den Arm um seines Vaters Schultern.

»Da hätten sie dich auch befragen können«, sagte er lächelnd.

»Komm, sei still und setz dich«, sagte Roland, seinem Sohn den neben ihm stehenden, leeren Sessel offerierend.

Im zweiten Fallbeispiel blieb eine Familie aus den neuen Bundesländern ebenfalls den Sommer über in ihrem neuen Eigenheim.

Der Papa, ein Freiberufler, arbeitete ein bißchen im Büro an Projekten, die Ehefrau kümmerte sich um den Garten und hielt Kontakt zu Menschen, die ebenfalls zu Hause geblieben waren, und das Töchterchen spielte mit den fünf Katzen.

Am Abend versammelte sich die Familie im Garten um die in der Hängematte liegende Mutti herum zum Essen und Plaudern.

Die dritte, in der Sendung vorgestellte »Balkonien-Story«, zeigte eine attraktive, gepflegte Dame über 60, die 30 Jahre in den USA im Bankwesen gearbeitet hatte, und den Sommer in ihrer Luxusvilla in Deutschland verbrachte.

Die Dame, die der Schauspielerin Ruth Maria Kubitschek ähnlich sah, setzte sich in ihren garteneigenen Pool, legte einen Schalter um, der das Wasser zum Sprudeln brachte, und ließ es sich gutgehen. Als sie auf dem großen Rasenstück ihres Gartens sich mit Freundinnen zum Tai-Chi-Kurs traf, nahm Roland die Fernbedienung zur Hand und schaltete das Fernsehgerät aus.

»Die ist doch nicht normal«, sagte er und ging ins Bett.

»Hast du gehört, Sohnemann, Menschen, die nicht in den Urlaub gehen, sind nicht normal«, interpretierte Inge, im hinteren Teil des Wohnzimmers auf dem Sofa liegend, was Emil ein Lächeln abrang.

Dabei hätte Roland, der durch seine Tätigkeit als Kanalarbeiter an etlichen Nachtbaustellen Zuschlag bekam, weil ihm betrunkene Fußgänger über offene Schächte laufend schon mal auf den Helm traten, seine eigene »Anormalität« durch eine Buchung im Reisebüro aufheben können.

BLITZ, FAHR HINEIN!

Das Vorrundenspiel der Fußball-EM ist langweilig. Die Eidgenossen spielen teilweise Käse, die Kroaten werden ihrer Favoritenstellung nicht gerecht und der Kommentar des Reporters ist dementsprechend ernüchternd.

Als das Mittelfeldgeplänkel, das ein 0:0 erahnen läßt, unerträglich wird, greift Beat aus seinem seitlich der linken Lehne des Fernsehsessels platzierten Bierkasten ein Fläschchen des köstlichen Nasses mit dem Auerhahn vorne drauf und öffnet es mit den Zähnen.

Der Flaschenhals nimmt die richtige Haltung ein, 90°-Winkel zum Unterkiefer, und Beat läßt einen kräftigen Schluck durch die Kehle rinnen.

»Ah, das tut gut«, sagt er leise vor sich hin und bedient sich der Salzletten, die er aus dem Speisekämmerchen des Kellers mitgebracht hat.

Er wirft einen Blick durch das Wohnzimmerfenster und registriert, dass sich am Abendhimmel ein Unwetter zusammenbraut. Dunkelschwarze Wolken, so weit das Auge reicht.

Plötzlich fährt ein greller Blitz vom Himmel herab, das Fernsehprogramm wechselt von selbst, statt kickenden Nationalspielern im ZDF sind in »Blitz« auf RTL sehr ansehnliche, entblätterte Mädels am Strand zu sehen.

Das mit leichtem Rieseln unterlegte Fernsehbild vermittelt den Eindruck, als schneie es am Strand.

»Ja, ist denn das die Möglichkeit«, sagt Beat, der als Single natürlich nichts gegen ein paar wohlproportionierte nackte Mädels einzuwenden hat, und nimmt einen weiteren Schluck Bier.

»Ist denn schon Sendeschluß oder Weihnachten oder hat die Zensur zugeschlagen?«, stellt sich Beat berechtigte Fragen, als das Rieseln plötzlich in einen Schneesturm übergeht und das Fernsehbild ganzheitlich schwarz wird.

»Doch eher Sendeschluß«, nimmt er den Bildausfall gelassen zur Kenntnis, wohl wissend, den Ausgang des Fußballspiels der Gruppe B nicht mehr visuell mitzubekommen.

Er geht in die Küche, stellt das Radio an, setzt sich auf ein Schemelchen und verfolgt das Match seiner Landsleute akustisch über die Live-Reportage eines engagierten Kommentators.

Beat holt die Pfanne aus dem untersten Küchenschränkchen und brät sich einen Fleischkäs mit Zwiebeln, Spiegelei und Röstkartoffeln.

Als der Radio-Reporter berichtet, dass der Schweizer Stürmer Chapuisat aus aussichtsreicher Position vergeben hat, kommen Beat beim Zerkleinern der Zwiebeln die Tränen.

Nachdem er sich sein leckeres Abendessen hat munden lassen, geht er zu Bett. Die Schweizer haben sich ein beachtliches 0:0 erkämpft.

Der Samstag ist gelaufen.

Da der Sonntag für Beat wegen des defekten Fernsehapparats unausgeglichen verlaufen ist, beschließt er, am Montag den Meisterbetrieb für Fernseh- und Radiogeräte anzurufen.

Bei der Auswahl hält er sich an seinen alten Grundsatz. Wer mit einer achtzeiligen Anzeige, 6x4,3cm, für sich Werbung machen kann, der sollte auch imstande sein, ein Fernsehgerät zu reparieren.

Ein freundlicher Mitarbeiter des Meisterbetriebs zeigt Bereitschaft, Beats kaputten Fernsehapparat noch am selben Tag abzuholen, kann ihm sogar einen schwarzweißen Ersatzfernseher anbieten.

Er erinnert sich daran, dass seine Eltern damals eine Schwarz-Weiß-Ausgabe mit Zimmerantenne hatten.

Beat ist erfreut und schaut eine Stunde Vorabendprogramm, bis er merkt, dass der Ton weg ist.

Der Ersatz-Fernsehapparat für seinen defekten ist ebenfalls nicht funktionstüchtig.

Da sich bei fehlendem Ton das Einlegen einer Video-Cassette erotischen Inhalts empfiehlt, schiebt er die »Scharfen Girls auf Achse« ein und macht sich in Badelatschen auf den Weg zum Zigarettenautomat.

Als er mit zwei Schachteln Marlboro-Lights zurückkommt, traut er seinen Augen nicht.

Drei ältere Nachbarinnen stehen mit an der Wohnungstür angelegten Ohren vor seinem Ein-Zimmer-Appartment.

»Na, meine Damen, was gibt's?«, fragt Beat in die Runde.

»Sagen Sie mal, Beat, haben Sie wieder eine von Ihren Freundinnen, die dieses Mal sogar mit sich selbst Spaß hat, während Sie Zigaretten holen?«, stellt die resoluteste der älteren Damen eine heikle Frage in Else-Kling-Manier.

Die beiden anderen Damen halten sich zurück, einer davon scheint es offensichtlich peinlich zu sein, bei der Aktion aus reiner Neugierde dabeizusein.

»Ich habe Ihnen schon mal gesagt, verehrte Frau Lauscher, dass Sie das überhaupt nichts angeht«, sagt Beat, schiebt sie sachte aus dem Weg und schließt seine Wohnungstüre hinter sich.

Zu seiner Überraschung muß er feststellen, dass neben Bild auch der Ton seines Fernsehapparats wieder funktioniert.

Olinka Hardiman, die Marilyn des französischen Erotikfilms, wird als »Scharfes Girl auf Achse« auf einem Motorrad sitzend lautstark beglückt.

Völlig nackt, ihre Füße sind lediglich mit goldenen, hochhackigen Schuhen bestückt, schaut sie lasziv in die Kamera, ihr scharfes Zünglein über die vollmundigen Lippen hin- und herbewegend.

So gerne Beat auch dabeibleiben würde, er weiß, dass es weitaus wertvollere Filme gibt, und schaut »Rocky II« an.

Als ihm die Vorbereitung Rockys zum Kampf gegen Apollo Creed zu langweilig wird, und die Liebesgeschichte des Underground-Boxers mit Adrian sich mit Anbahnungen begnügt, in keiner Bett-Szene münden will, schaltet Beat wieder auf Video um.

Olinka Hardiman, der männermordende Vamp, ist bereits mit einem anderen Partner engumschlungen zu Gange.

»Das gibt's doch nicht«, sagt Beat, »die schafft ja in einer Stunde eine komplette Fußballmannschaft.«

Freitags ist Beats Fernsehapparat repariert. Der freundliche Fachmann stellt 190 Euro in Rechnung und nimmt den Ersatzfernsehapparat wieder mit.

Nun kann Beat wieder in Bild und Ton die weiteren Spiele seiner Eidgenossen verfolgen, wertvolle Filme schauen und Olinkas Weiblichkeit auf größerer Bildfläche bewundern.

SONJA UND SIE

Das »Café am Eck« war eines der ältesten und renommiertesten der schwäbischen Kleinstadt. Die alte Frau Zeisig, deren Ehemann vor etlichen Jahren das Zeitliche gesegnet hatte, trieb es mit ihren beiden Kellnerinnen Sonja und Olga um.

Die braunhaarige Sonja gehörte zum »Stammpersonal«, zählte zum »Inventar des Cafés«. Sie hatte bereits zu Lebzeiten des Herrn Zeisig bedient.

Sie verhielt sich ihrer Chefin gegenüber loyal und war zu den Gästen stets freundlich und aufgeschlossen.

Während der Arbeit, zu der sie immer pünktlich antrat, trug sie einen schwarzen Rock, um den sie eine schwarze Schürze gebunden hatte, eine weiße Bluse mit schwarzem Überjäckchen, schwarze Strümpfe und schwarze Sandalen mit glänzenden Riemen.

Sonja wurde von Frau Zeisig geduzt, die überwiegend weiblichen Gäste sprachen sie mit »Sonja und Sie« an.

Olga stellte das Gegenteil zu Sonja dar. Wenn das Café auf einer Tafel mit einem mit weißer Kreide auf schwarzem Untergrund geschriebenen »Eiskalte Versuchung« seinen Gästen einen speziellen Cocktail anpries, hätte auch die wasserstoffblonde Olga damit gemeint sein können.

Sie trug dieselbe Arbeitskleidung wie Sonja. Ihr Rock war kürzer, und die schwarzen Strümpfe wirkten erotisch.

Olga kam häufig zu spät, verhielt sich ihrer Chefin gegenüber illoyal, sie war des öfteren im Verdacht gewesen, sich an der Kasse bedient zu haben, und war zu den Gästen auf eine unterkühlt-distanzierte Art und Weise unfreundlich.

Wenn wenig Gäste im Café waren, stand sie an der Theke, rauchte eine Zigarette nach der anderen, behandelte ihre brombeerfarben lackierten Fingernägel mit einer Nagelfeile, warf ihrer Umwelt gelangweilte Blicke entgegen und hielt, ständig auf die Uhr blickend, nach dem Feierabend Ausschau.

Einige Stammgäste des Cafés hatten Extrawünsche. Frau Scherzberger verlangte eine weitere Kaffeesahne, nachdem sie bereits zwei von den kleinen runden Becherchen in ihre Kaffeetasse gedrückt hatte, und einen neuen Löffel, wenn eine Fliege darauf gelandet war, um sich im gläsernen Elefanten, der als Aschenbecher diente, zu spiegeln.

Frau Stoll, in dritter Ehe von einem Schiffskapitän geschieden, ließ ihren Cappuccino zurückgehen, wenn er nicht warm und cremig genug war.

Die betagte Witwe Krümpelmann pflegte ein Teebeutelchen nachzubestellen, wenn der servierte Tee insgesamt nicht stark genug war, und Frau Schneemann verlangte stets einen Nachschlag an Schlagsahne auf ihren Erdbeerkuchen.

Die Damen monierten ausschließlich bei Sonja. Sie riefen sie herbei, zeigten ihr den offensichtlichen Mangel und fügten ein »Sie wissen schon« hinzu.

Olga erfüllte der weiblichen Kundschaft keine Extrawünsche, sie hielt ihren schwarzen Minirock für die Männerwelt schön kurz.

An einem warmen Sommertag saßen alle vier Damen einträchtig versammelt an vier Tischchen im Freien.

Als hätten sie sich abgesprochen, monierten alle vier gleichzeitig mit einem etwas verwirrenden Stimmendurcheinander bei Sonja.

Als Frau Schneemann als Letzte ihr obligatorisches »Sie wissen schon« ausgesprochen hatte, warf Sonja ihre Überjacke wutentbrannt auf den Boden, streifte ihre Sandalen von den Füßen und rannte davon.

Frau Zeisig, die alles mitbekommen hatte, stand mit einem mit Fragezeichen behafteten »Sonja« an der Eingangstüre ihres Cafés und schüttelte mit dem Kopf.

Während Sonja ihren überstrapazierten, schmerzenden Beinen im Marktbrunnen etwas abkühlende Linderung verschaffte, war es nun an Olga, sich um die Extrawünsche der weiblichen Gäste des »Cafés am Eck« zu kümmern, und für Umsatz in der Kasse zu sorgen.

DER ABGETRENNTE FINGER

Der Seniorenabend der besonderen Art nimmt konkrete Formen an. Ein bißchen Ping-Pong spielen, etwas plaudern und natürlich essen und trinken stehen auf dem Programm.

Ein älterer Herr mit Künstlerfrisur hat sich an jenem Abend bereit erklärt, für das leibliche Wohl zu sorgen.

Er hat Geburtstag gehabt und muß einen ausgeben.

Mit einer großen Tüte in der Hand betritt er das kleine Räumchen, in dem sich die Mehrzahl der Sportkameraden eingefunden hat, und tischt auf.

Mehrere Ringe Schwarzwurst, zwei große Laib Brot, zwei Stück Butter, ein Glas Senf und ein Salzdöschen zaubert er aus seiner Tüte, legt das deftige Vesper auf den rustikalen Tisch und wünscht einen guten Appetit, nachdem er seine Sportkameraden dazu aufgefordert hat, sich zu bedienen.

Mit der Absicht, die Wurstringe aufzuschneiden, ergreift er einen mit der rechten Hand und beginnt, das Messer in der linken, ihn aufzuschneiden.

Plötzlich stößt er mit schmerzverzerrtem Gesicht einen ohrenbetäubend lauten Schrei aus.

Ein Finger fällt auf den Tisch, kommt inmitten eines Ringes Wurst zum Stillstand.

Gisela, eine der zwei Damen unter den Ping-Pong-Senioren, springt auf, hält sich vor Bestürzung die Hände vors Gesicht, schreit laut auf und verläßt fluchtartig das Räumchen.

Ein kleiner Junge, der mit Opa mitdurfte, erkennt zuerst, dass es sich beim auf den Tisch gefallenen Finger um eine Plastikausgabe handelt.

»Der ist nicht echt, weil kein richtiges Blut dran klebt«, sagt er.

Der kleine Junge nimmt den Finger an der Kuppe, hält ihn in die Luft, wie man es während der Französischen Revolution mit den Köpfen guilotinierter Menschen zu tun pflegte, um in diesem Falle zu beweisen, dass kein Blut tropft.

»Da hast du uns schön reingelegt, Franz«, sagt Albert und entspannt die Situation.

»Gisela, du kannst ruhig wieder reinkommen, der Franz hat sich mit uns einen Spaß erlaubt«, schreit Karl, Giselas Ehemann, am Türeingang stehend, in Richtung Damentoilette.

Franz stellt mit einem verschmitzten Lächeln auf den Lippen die mitgebrachten Weinflaschen auf den Tisch, entkorkt eine davon, und erhebt, nachdem sich alle eingeschenkt haben, mit fünf Fingern am Kelch das Glas.

»Zum Wohl, Sportkameraden, ein dreifaches Schmetter-Ball, Schmetter-Ball, Schmetter-Ball! Prost!«, spricht er einen kleinen Toast aus und stößt mit jedem einzeln an.

Bei Albert muß er kurz warten, bis er eine Hand frei bekommt.

Er hat den Arm um sein Enkelkind gelegt, streicht ihm großväterlich über den Kopf und ist stolz darauf, dass es den Irrtum als erstes erkannt und entlarvt hat.

IM BAUMARKT

Mein Bekannter sagt, er müsse zum Baumarkt, da er ein paar Dinge zur Gestaltung seines neuen Ladens brauche.

Da er kein Auto hat, fahre ich ihn hin.

Nachdem wir sofort einen Parkplatz gefunden und ein Handwägelchen gezogen haben, betreten wir den Heimwerkerkonsumtempel.

Ich schaue mich um und sehe Artikel, die ich nicht auf Anhieb beim Namen nennen könnte.

Ich beginne, an Reizüberflutung zu leiden, und frage mich, wer das alles braucht.

Wenn es über 100 verschiedene Sorten von Schokoladentafeln gibt, dann muß es wohl auch mehrere Hundert verschiedene Schrauben geben, lege ich mir ein Erklärungsmodell zurecht.

Mein Bekannter kennt sich mit den Handwerksartikeln bestens aus.

Ich sehe ein Glänzen in seinen Augen. Zielorientiert läuft er zu den Schrauben und schaut sich die einzelnen Päckchen genau an.

»Wenn ich da die Falschen erwische, dann bekomme ich zu Hause einen Rappel, und wenn ich dann anfange zu toben, meint meine Ines, ich hätte eine Schraube locker«, sagt er.

Nachdem er fünf oder sechs Päckchen wieder ins Regal zurückgelegt hat, hebt er eins in meine Richtung.

»Schau, das sind die Richtigen. Das nenne ich einen Kennerblick.«

Ich höre im Hintergrund Säuselmusik, die angeblich zum Kaufen anregen soll.

Britney Spears, Christina Aguilera, J.Lo und Eminem.

Ich frage mich, inwiefern diese Musik verkaufsförderlich sein soll.

Dieser Baumarkt braucht einen eigenen DJ.

»Und dann hau ich mit dem Hämmerchen mein Sparschwein kaputt«, der Evergreen des legendären »Mr. Pumpernickel« Chris Howland, würde bestimmt den Verkauf von Hämmern verdreifachen.

Unzählbare Zimmerleute würden in Deutschland morgens um halb zehn die von diesem Baumarkt gekauften Hämmer weglegen und sich dem Verzehr des kleinen Frühstückchens widmen, was nebenbei der Leckerli-Branche zu Gute käme.

Mein Bekannter organisiert einige Farbkübel, mit deren Inhalt er den Verkaufsraum seines Ladens so weiß streichen möchte, als wenn eine Alpinakatze mal kurz die Wände hochgegangen wäre.

Als mein Bekannter kein Schmirgelpapier mit Löchern findet, fragt er die Fachfrau.

Eine ältere Dame, die kurz vor der Rente steht, sagt, sie müsse im Lager nachschauen.

Sie steigt eine Aluleiter mit ungefähr hundert Sprossen hoch und beweist absolute Schwindelfreiheit.

Nachdem mein Bekannter einen extragroßen, megaschweren Sack Gips in den Wagen gelegt hat, suchen wir eine Kasse, die besetzt ist.

Eine schwarzhaarige Schönheit, das Namensschildchen weist auf italienische Herkunft hin, begrüßt uns mit überschwänglicher Freude.

Sie beugt sich übers Band und scannt die Ware im Einkaufswägelchen.

Ich stelle mir vor, sie wäre Besitzerin eines kleinen Jeansmoden-Stores.

Ich würde mich mit angezogener Jeanshose mit dem Preisschild am Hintern von ihr an der Kasse scannen lassen.

Mein Bekannter bezahlt und verabschiedet sich mit einem hektisch entnervten »Ade« von ihr.

Ich hauche ihr ein langgezogenes »Arrividerci, Senora« entgegen und bekomme ein süßes Lächeln geschenkt.

»Komm jetzt, wir haben wenig Zeit«, sagt mein Bekannter verärgert.

Charme war noch nie seine Stärke gewesen.

Am Ausgang versperren uns zwei querstehende leere Einkaufswägen den Weg. Mein Bekannter schiebt sie weg und murmelt ein »Ordnung ist das halbe Leben« vor sich hin.

»Jetzt gehen wir noch in die Buchhandlung und kaufen ein Do-it-yourself-Handbuch. Bevor mir meine Ines mit ihrer weiblichen Intuition handwerklich den Rang abläuft, muß ich mich da mit Fakten absichern«, sagt mein Bekannter.

Ich denke, er muß wohl bescheuert sein. Soll er doch froh sein, wenn seine Ines ihm hilft und weiß, was Sache ist.

Nachdem wir die Sachen im Kofferraum verstaut haben, sitzen wir im Auto.

»Komm, fahr los. Ich habe es eilig. Wer zu spät kommt, den bestraft das Leben«, sagt mein Bekannter.

»Ja, ja«, sage ich und lege den Rückwärtsgang ein.

Ich denke an Gorbatschows Fleck auf der Kopfhaut, an den gleichnamigen Wodka und daran, wie dieses ominöse Muttermal wohl das irreparable Endergebnis einer mißglückten Heimwerkeraktion, des Hantierens mit brauner Farbe war, mit der Gorbatschow vermutlich sein Ferienhäuschen neu streichen wollte, um seinem Gast Helmut Kohl zu imponieren, und wie gut ein Schluck aus einer gekühlten Pulle dieses Edelgetränks jetzt wäre.

»Fahr schneller«, sagt mein Bekannter.

»Ja«, sage ich und drücke auf's Gas.

DIE AUFRÄUMAKTION

Als Robin von zu Hause ausziehen wollte, um ein eigenständiges Leben zu führen, da hatte seine Mutter eine letzte Bitte.

»Tu mir den Gefallen und räume deine Schulbücher vom Eßzimmerschränkchen auf den Speicher.«

Robin hatte jene Schulbücher, die er dem Bücherfundus der Schule trotz Abgabepflicht vorenthalten hatte, im großen Fach des Esszimmerschränkchens eingeräumt, neben den kleinen Fächlein, in denen Messer, Gabel, Löffel und anderes Besteck einsortiert waren.

Robin machte sich sofort an die Arbeit. Das erste Buch, das ihm in die Hände fiel, war das Themenheft Mathematik.

Analysis I, das kleine Schwarze unter den Schulbüchern.

Es war jenes Buch, das ihm während der Schulzeit vom Outfit her am besten gefallen, jedoch am meisten Probleme bereitet hatte.

Der Umgang mit Extremwerten, Wachstumsfunktionen, den Kreisfunktionen sinus und cosinus, Nullfolgen, Stetigkeit, Tangentenproblemen, Ableitung ganzrationaler Funktionen war ihm stets ein Greuel gewesen.

Besondere Probleme hatte ihm die Monotonie und Beschränktheit von Funktionen bereitet.

Robin war es mächtig gegen den Strich gegangen, dass sich die Monotonie des Schulalltags und die Beschränktheit einiger weniger Lehrer nun auch auf die Mathematik, einst eines seiner Lieblingsfächer, übertragen hatte.

Robins bereits in der Grundschule aufgebautes, stetig wachsendes Interesse an der Mathematik, das sich in der gymnasialen Unterstufe zu streng stetigem Wachstum entwickelt hatte, erlitt im ersten Halbjahr der 11. Klasse einen monotonen Fall, der sich bis zum Schuljahresende zum streng monotonen Fall ausweitete.

Robin nahm das Buch, das seiner Meinung nach auf die schwarze Liste der Schulbücher gehörte, zur Hand und legte es auf den für den Speicher vorgesehenen Stapel.

»Lieber ein Schwarzes trinken und meiner Mara ihr kleines Schwarzes vom Traumkörper streifen, als aus diesem schwarzen Buch zu lernen«, sagte er leise vor sich hin.

Nachdem er alles so aufgeräumt hatte, wie es seine Mutter haben wollte, kam die Minute des Abschieds.

»Ciao, Mutti, ich bin ja nicht aus der Welt«, sagte er, nahm seine Mutter in den Arm und drückte sie fest an sich.

Robin schloß die Haustüre hinter sich. Er schaute nach dem Inhalt seines Porte-monnaies. Das Kleingeld reichte nicht für die Straßenbahn.

»Muß ich eben Schwarz fahren, um zu meinem Schatz zu kommen. Immer noch besser, als aus diesem schwarzen Buch lernen«, führte er ein kleines Sellbstgespräch und machte sich auf den Weg zum Bahnhof, der neuen Freiheit entgegen.

DER HUNDERTMETERLAUF

Es war der erste Herbst nach Ben Johnsons phänomenalem Sieg im Hundertmeterlauf bei den Olympischen Spielen in Seoul.

Mein Schulkamerad Bernhard und ich, wir liefen mit unseren großen Sporttaschen auf den Schultern über den laubbedeckten Asphalt.

Um zur riesengroßen Mehrzweckhalle zu gelangen, wo der Sportunterricht stattfand, mußten wir vom städtischen Gymnasium aus zwei Kilometer zu Fuß hinter uns bringen.

Unterwegs erzählte uns eine alte Frau in heller Aufregung, dass Franz-Josef Strauß das Zeitliche gesegnet hatte.

»Wenigstens hat das mit der Leo-Schieberei jetzt ein Ende«, sagte Bernhard, der überzeugter Pazifist war.

»Franz-Josef Strauß hat 1934 das beste Abitur in ganz Bayern abgelegt. Da werden wir wohl vergeblich danach streben«, sagte ich.

Wir hatten drei Monate vor dem schriftlichen Abitur extrem durchschnittliche Zensuren zu bieten.

Bernhard zeigte sich wenig beeindruckt von meinem Ansatz, bei einer seiner Ansicht nach zwielichtigen Politgestalt etwas Positives zu sehen.

Er wechselte das Thema und fing an, sich darüber zu beklagen, im Herbst dem Hallensport nachgehen zu müssen.

»Weißt du, ich würde dich im Hundertmeterlauf sogar bei diesen kühlen Temperaturen noch im Freien barfuß besiegen, und dann muß ich in dieser stickigen Halle mit irgendwelchen unbrauchbaren Schlägern Feldhockey spielen«, sagte Bernhard.

Ich ließ Bernhards etwas überheblichen Äußerungen auf mich wirken, und schlug ihm eine Wette vor.

»Ich werde nachher gegen dich antreten, du barfuß und ich in meinen Laufschuhen.«

Bernhard erhöhte das Gehtempo, damit wir bälder am Wettkampfsport ankamen. Die ersten kleinen Herbststürme bliesen uns kräftig ins Gesicht.

Vom Wind ausgelüftet erreichten wir die Mehrzweckhalle und warfen uns in Sportkleidung.

Bernhard stellte seine Turnschuhe, die er an den Schnürsenkeln aus der Sporttasche zog, demonstrativ in eine der vier Ecken der Umkleide.

»Also, raus in die Herbstfrische, gehen wir's an«, sagte Bernhard mit einem siegessicheren Lächeln im Gesicht.

Wir gingen auf die Tartanbahn, knieten uns lautlos, angespannt, voller Konzentration nieder, nahmen auch ohne Startblöcke die richtige Haltung an, ich wies Bernhard darauf hin, dass er seine Fingerkuppen mit den überstehenden Struwwelpeter-Nägeln gefälligst hinter dem weißen Strich der Startmarkierung platzieren sollte, er gab das »Auf die Plätze, fertig, los«-Startsignal, drückte seine Stoppuhr, und dann ging die Post ab.

Das erste Drittel der Strecke konnte ich gut mithalten, ich hatte das erhebende Gefühl, eine Halslänge Vorsprung zu haben. Plötzlich gab Bernhard mächtig Gas.

Er zog mit gerader Körperhaltung, nach vorne gerichtetem Blick, seinen schnellen, durchtrainierten Beinen und den dicht am Körper vor- und zurückrudernden Armen an mir vorbei und hinterließ nichts als einen Windhauch.

Mir wurde von einer Sekunde auf die andere klar, dass ich wohl auf dem besten Wege war, Zweiter zu werden, und die Wette zu verlieren.

Als ich etwas verspätet ins Ziel kam, hatte Bernhard bereits seine Stoppuhr zum zweiten Male gedrückt und den ersten kleinen Splitter aus seinem Fußballen entfernt.

»Na, was habe ich dir gesagt? Nächstes Mal laufe ich mit einem hochgebundenen Bein.«

»Jetzt laß mal die Kirche im Dorf. Du bist eben ein besserer Sprinter, aber nachher im Hallenhockey, da haue ich dir die Bude voll. Der Herr läßt sich ja immer freiwillig ins Tor stellen, weil er im Feld nur Luftlöcher schlägt, dass sich der Hallenboden vor Lachen krümmt und komplett wölbt.«

»Willst du meine Zeit wissen, Unterlegener?«, sagte Bernhard lächelnd.

»Ja, sag an, du Carl Lewis unter den Schülersprintern.«

»Es waren ganz genau 12,2 Sekunden.«

»Nicht schlecht. Ich denke, ich war 14,7, wie immer«, sagte ich.

»Laß uns reingehen. Die Qual beginnt«, sagte Bernhard.

Wir gingen zu unserem strengen Sportlehrer Wuttke und den anderen Jungs aus der Klasse.

Das Hallenhockeyspiel, das sich an diesem Tage über beide Sportstunden erstreckte, endete 23:11 für meine

Mannschaft, und ich konnte Bernhard zehn steinharte Vollgummibälle in die Maschen setzen.

Nach dem Spiel lief ich, »The winner takes it all« singend, auf ihn zu und flüsterte ihm etwas ins Ohr.

»ABBA ist für alle da«.

MAUL, TÄSCHCHEN

Jörg Täschchen war auf dem Schiller-Gymnasium von der 5.Klasse bis zum Abitur Mitschüler und Banknachbar von Theo Heimberger.

Immer wenn Theo Jörg etwas fragte oder versuchte, mit ihm ausführlicher ins Gespräch zu kommen, gab Jörg ein kurzes »Maul« von sich, was zu bedeuten hatte, dass Theo einfach seine Klappe halten sollte.

Jörg war ein überdurchschnittlich guter Schüler, der nie etwas vergaß.

In der Unterstufe wurde in den großen Pausen auf der Steinplatte des Schulhofes Tischtennis gespielt. Jörg hatte stets zwei Schläger dabei, und wenn Theo, der etwas vergeßlich war, seinen zum x-ten Male nicht dabei hatte, und einen der beiden Schläger seines Banknachbarn leihen wollte, erntete er ein »Maul«.

Theo mußte mit der Hand mitspielen, was seine Erfolgsaussichten beim Mäxle-Spiel natürlich minderte.

Ab und zu fragte Theo Jörg, ob er auch Gurkenscheibchen auf seinem Salamibrot habe, worauf Jörg mit einem obligatorischen »Maul« reagierte.

Das Fußballspielen im Sportunterricht bot Jörg Gelegenheit, seine Eigensinnigkeit auszuleben.

Wenn er in aussichtsloser Position zum Tor stand und einen besser positionierten Mitspieler hätte bedienen können, dann drosch er gegen das Leder, das meistens an einem Abwehrbein der gegnerischen Mannschaft hängenblieb.

Seine Mitspieler, die etwas ungehalten reagierten, und ihm ein »Gib doch ab« entgegenbrüllten, kassierten von Jörg ein überhebliches »Maul«.

Nach und nach machten auch die anderen Klassenkameraden mit Jörgs Lieblingswort Bekanntschaft.

Jörg war ein Mathe-As.

Jenen Mitschülern, die bei den Hausaufgaben keinen Lösungsansatz gefunden oder einfach keine Zeit gehabt hatten, verweigerte er morgens im Zug mit einem »Maul« das Abschreiben.

Da Jörg stets mit Zigarettenschachteln gut bestückt war, versuchten einige, in der Raucherecke zu schnorren, was Jörg mit verschränkten Armen, einem arroganten Blick und einem »Maul« zu verhindern wußte.

Wenn auf Klassenfahrt im Bus der letzte Platz neben Jörg frei war, und sich einer seiner Mitschüler zwischen den beiden Möglichkeiten »Stehen« oder neben dem komischen Mitschüler »Sitzen« mit einem »Kann ich mich neben dich setzen?« für Letzteres entschied, begegnete Jörg ihm mit einem unfreundlichen »Maul«.

Er setzte seinen Walkman auf und unternahm nichts dagegen, dass jemand neben ihm Platz genommen hatte.

Mädchen gegenüber verhielt er sich etwas freundlicher. Sie durften ab und an Hausaufgaben abschreiben oder in anderer Form von seinem sehr guten Allgemeinwissen profitieren.

Unangenehmen Fragen wich er jedoch auch bei Mitschülerinnen mit seinem unsäglichen »Maul« aus.

Bei der Lehrerschaft hielt er sich verbal zurück. Zeugnisausgaben oder Rückgaben von Klassenarbeiten waren für Jörg stets ein Fest, bei dem er regelmäßig Lobeshymnen erntete.

Lediglich bei Klassenarbeiten entwich ihm ein leises »Maul, da vorne«, wenn der Lehrer seinen Mund nicht halten konnte.

Jörg wurde für den Klassenverband zunehmend unerträglicher. Alle vereinbarten, sobald es eine Möglichkeit gab, ihrem unliebsamen Mitschüler sein unmögliches Verhalten zurückzuzahlen.

An einem Freitag morgen fiel Jörg während einer Klassenarbeit auf, dass er seinen Zirkel vergessen hatte.

Er versuchte, sich das wichtige Arbeitsgerät von Theo auszuleihen. Theo weigerte sich, seinem Banknachbarn zu helfen, argumentierte damit, seinen Zirkel zum Lösen der Aufgaben selbst zu brauchen.

Jörg versuchte lautstark, Theo davon zu überzeugen, ihm den Zirkel für einige Minuten abzutreten.

»Was ist denn da los«, unterbrach der Mathelehrer den Disput.

»Maul, Täschchen, du störst«, brüllte auf Handzeichen Theos die gesamte Klasse im Kanon.

Jörg Täschchen drehte sich um, bekam einen hochroten Kopf, ging in sich und schrieb, da der Mathelehrer ihm auch keinen Zirkel borgen konnte, eine glatte 6.

Eine Woche später betrat Jörg morgens mit einem Stäpelchen Zetteln bewaffnet das Klassenzimmer.

Er lief zum Erstaunen seiner Mitschüler durch die Bankreihen und drückte jedem einen Flyer in die Hand.

Jörg veranstaltete auf dem Grundstück seiner Eltern ein Klassenfest.

»KLASSENFEST IN DER TALAUE, 20.08., ab 17 Uhr, es gibt MAULTÄSCHCHEN und jede Menge verschiedene Getränke. Bitte gute Laune mitbringen. Euer Jörg.«

Dies war der Beginn von Jörgs Katharsis, seiner inneren Läuterung. Zwei Jahre später, auf der Abifeier, legte er mit seiner Klassenkameradin Meike, die ihn über lange Strecken als widerlichen Mitschüler empfunden hatte, mittlerweile jedoch seine Freundin war, eine kesse Sohle auf's Parkett.

TOMAS REGENSIEB

Fußball war ihr Leben, und König Fußball regierte die Welt in der Lortzingstraße.

Nach den Hausaufgaben versammelten sich sämtliche Kinder aus der Nachbarschaft auf der Straße, um gegen das runde Leder zu treten.

Sie markierten mit Steinen zwei Tore, hüben wie drüben, wählten Mannschaften aus und begannen zu spielen.

Der 10-jährige Tomás war das einzige Kind ausländischer Mitbürger in der Straße.

Der kleine Tscheche lebte mit seinen Eltern und der Großmutter väterlicherseits im 3. Stockwerk eines Mehrfamilienhauses in der Lortzingstraße 4.

Da er gut Fußball spielen konnte und auch sonst ein umgänglicher Typ war, wurde er meistens von einem der mannschaftsbildenden Spielführer zuerst in ein Team gewählt.

Tomás rechtfertigte seinen Sonderstatus, den er als begabter Fußballer genoß, mit guten Leistungen.

Er war der einzige mit richtigen Kickstiefeln, was auf dem harten Asphalt nicht unbedingt von Vorteil war.

Tomás trug einen echten Fußballdreß und ließ das Hemd weit über die Hose, beinahe bis zu den Knien seiner dünnen elastischen Beine hängen.

Er schoß oft das entscheidende Tor, wenn die Begegnungen auf des Messers Schneide standen.

Tomás zog die langen Ärmel seines Sweat-Shirts bis zu den Ellenbogen hoch, schnappte sich das Leder, umspielte zwei, drei Gegenspieler, ließ sie wie Slalomstangen stehen, lief auf den gegnerischen Torwart zu und drosch den Ball an ihm vorbei ins Tor.

Das Tor hatte kein Netz, und je stärker der Schuß war, desto weiter hatte der Torwart zu laufen, um den Ball zurückzuholen. Es konnten gut und gerne 20-30 Meter sein.

Wenn es in Strömen regnete, verließ Tomás das Spielfeld, ohne dass das Spiel für beendet erklärt worden wäre.

Er rannte zum kleinen Vorgarten, wo sein Vater mit Zustimmung des Vermieters zwei Regenfässer aufgestellt hatte.

Ein großes offenes stand neben einem kleinen mit Deckel. Am großen Faß lehnte ein Schöpfgerät und ein mittelgroßes Sieb.

Die neugierigen Mitspieler waren einige Male Tomás gefolgt, um in Erfahrung zu bringen, was er vorhatte.

»Was machst du, Tomás?«, fragten sie ihn.

Tomás, ansonsten sehr redegewandt, wurde etwas wortkarg.

»Ich siebe den Regen«, sagte er.

Er goß das Wasser aus dem Schöpfgefäß durch das Sieb.

Die Kinder fanden den Vorgang etwas ungewöhnlich. Sie wollten Tomás lieber auf der Straße zurückhaben, um das Spiel fortzusetzen.

Wenn Tomás jedoch den Regen siebte, hatte Fußball Sendepause.

Mit der Zeit fanden die Kinder heraus, welchen Sinn Tomás' Sieben hatte.

Das große Regenfaß war am Boden mit etwas Erde gefüllt. Irgendjemand hatte offenbar etwas dagegen, dass Tomás' Eltern, die den ganzen Tag über in der Lederfabrik arbeiteten, sauberes, glasklares Gießwasser für das kleine Blumenrabatt vor dem Haus zur Verfügung hatten.

Da Tomás, das Schlüsselkind, das mehr bei der Großmutter aufwuchs, mit seinen detektivischen Nachforschungen in TKKG-Manier den Übeltäter nicht zu entlarven vermochte, schritt er zur Tat.

Er hob Schöpfgefäß um Schöpfgefäß aus dem großen Faß und ließ es durch das Sieb ins kleine laufen, um den ins große Faß gelaufenen Regen vom Schmutz zu reinigen.

Die Kinder überlegten, wie sie Tomás wegen seiner ungewöhnlichen Tätigkeit nennen sollten.

Der kleine Kevin kam auf die Idee, ihn »Tomás Regensieb« zu nennen. Eigentlich hätte man Tomás »Tomás Regensieber« nennen müssen, da Regensieber die exakte Bezeichnung seiner Tätigkeit war.

Den Kindern war »Regensieber« jedoch um zwei Buchstaben zu lang, so dass sie bei »Regensieb« blieben.

Tomás hatte seinen Spitznamen weg. Tomás mit dem Regensieb. Kurz und bündig Tomás Regensieb.

Auf dem Spielfeld riefen sie ihn nicht mehr bei seinem Vornamen.

»Regensieb, spiel ab!«, »Gut gemacht, Regensieb!« oder »Schieß, Regensieb!« hallte es durch die Straße.

Mit der Zeit fand Tomás seinen Spitznamen nicht mehr lustig. Er überlegte sich, wie er ihn wieder loswerden konnte.

An einem Nachmittag spielten die Kinder, und es begann fürchterlich zu regnen. Es goß in Kübeln.

Tomás blieb auf dem Spielfeld und forderte den Ball, um das nächste Tor zu erzielen.

»Hey, was ist los, Regensieb? Wieso gehst du heute nicht zu deinen Fässern?«, fragte Kevin.

»Ich bin Tomás und nicht Regensieb«, gab Tomás zur Antwort.

Er krempelte seine Ärmel hoch, dribbelte, umspielte zwei, drei Gegenspieler, ließ sie wie Slalomstangen stehen und schoß ins Tor ein.

Es war der entscheidende Treffer zum 10:9. Dieses Mal mußte der Torhüter 50 Meter laufen, um den mit Wucht getretenen Ball aus dem Geäst eines halbhohen Strauches in Nachbars Garten zu pflücken.

Von diesem Tag an hieß Tomás wieder Tomás Dosek.

Ein würdiger Name für den besten Straßenfußballer der Lortzingstraße.

DANK

Meinem besten Freund Michael Bossert.
Danke, dass du immer an mich glaubst,
so, wie ich an deine Fähigkeiten glaube.

Weitere Bücher von Gerd Egelhof:

»Roman und die Sache mit der Liebe«, Roman, 2004,
ISBN 3-89906-777-0, 7,80 Euro

»Liebe ohne Ende«, Gedichte, 2006,
ISBN 3-89906-922-6, 11,50 Euro

Kontakt:

Homepage: www.gerd-egelhof.de

e-mail: g.egelhof@freenet.de